孙子兵法

第二十三册

上海人民美術出版社
浙江人民美术出版社

目 录

军争篇 · 第二十三册

战 例

拓跋珪攻心乱敌战后燕

编文：甘礼乐 刘辉良

绘画：陈亚非 联 文

原　文　将军可夺心。

译　文　对于敌人的将领，可以使其决心动摇。

1. 东晋后期，北方鲜卑族慕容氏的后燕政权，与另一鲜卑族拓跋氏的北魏政权之间，经常发生军事摩擦，爆发战争。

2. 东晋太元二十年（公元395年）五月，燕主慕容垂派遣太子慕容宝、赵王慕容麟等，率兵八万向北魏进攻。

3. 北魏谋臣张衮（gǔn）听到燕军攻魏的消息，向魏主拓跋珪建议说："燕人倾巢而出，有轻我之心，宜故意示弱远避，骄纵对方，然后待疲而打，必能取胜。"

4. 拓跋珪采纳了张衮的主张，率领部落西渡黄河一千余里，远避燕军。

5. 后燕大军到达五原，降服魏其余部落三万多家，缴获粮食百余万斛，都安置、存放在黑城（今内蒙古呼和浩特西北）；一面继续进兵，迫临黄河，在沿岸伐木造船，准备渡河。

6. 八月间，魏主拓跋珪在黄河以南集结兵力，九月进军至河岸，摆出迎战燕军的架势。

7．燕太子慕容宝见魏军迎战，便在北岸列阵，准备渡河。不料天有不测风云，河上暴风骤起，把数十艘渡船刮散，漂向对岸。

8. 魏军乘机截住渡船，俘获燕军士卒三百多人，但随即全数释放遣返，佯示虚弱。

9. 这时，燕主慕容垂身患重病。太子慕容宝引兵在外，心中惦念父王病情，不时从军中派出使者，回燕都中山（今河北定州）问候。

10. 但使者在回国途中，都被魏主拓跋珪设置的伏兵截获，一个个被拘押在魏营，不得脱身。

11. 慕容宝数月不闻父王起居消息，心急如焚。正望眼欲穿时，拓跋珪迫令被俘燕使在河岸上呼告慕容宝说：“你父已死，何不早归！”

12. 慕容宝等疑虑交加，忧恐不已。众士卒也都心神不安，士气锐减。

13. 双方对峙十多天，燕方慕容麟的部将慕舆嵩等，以为主公慕容垂确已病亡，乃阴谋作乱，要拥立慕容麟为燕主。

14. 不料事机不密，阴谋败露，慕舆嵩等被慕容宝诛杀。从此，慕容宝与慕容麟相互猜忌，内部不和。

15. 时至十月，慕容宝意识到再拖下去夜长梦多，就下令烧毁渡船，乘夜撤兵。

16. 他看到黄河尚未封冻，以为魏兵不可能飞越天堑，便不设断后部队。

17．偏偏天气突然转冷，河冰四合，河面立即封冻，拓跋珪率领精锐骑兵二万余人，渡河如履平地，急追燕军。

18. 燕兵还屯参合陂（在今内蒙丰镇境内），突有大风裹着黑气，状如堤防，笼罩在军营之上。军中有个名叫支昙猛的出家人，认为这是凶兆，请求慕容宝多加防范。

19. 慕容麟听到支昙猛的话，怒道："凭殿下（指慕容宝）的英武，凭燕军之勇猛，敌人岂敢再追。支昙猛妖言惑众，应当斩首！"慕容宝亦不信什么"凶兆"，派出了一些骑兵回探敌情。

20. 这些侦察骑兵只走了十余里，因气候异常，各自解鞍歇宿。此时魏军昼夜兼行，士卒衔枚，马匹束口，悄无声息进至参合陂西侧，燕军全不察觉。

21．慕容宝原定于天明拔营启程，因西北风过于猛烈，遂下令原地休息，当夜仍宿营原处。

22. 次日天明，晨曦已上，燕军方才启行。哪知山上鼓角乱鸣，震动天地。众将士开营仰望，见魏兵正以泰山压顶之势，从山腰冲下。

23. 这一惊非同小可，吓得燕军个个双腿发抖，只顾各自逃生。再加慕容宝本就军纪不严，仓猝遇敌，谁肯为他效命，前队既散，后部也一片喧哗，都弃营向东飞奔。

24. 魏兵居高临下，所向披靡。燕兵后有追兵，前被大河所阻。河中虽有坚冰，经不住大批人马一再践踏，顿时破碎坍塌。逃奔在前的燕兵纷纷落水，来不及入河的拥挤在一起，混乱不堪。

25. 拓跋珪纵兵冲杀。燕军大溃，被杀或溺死者数以万计，余众束手就擒；太子慕容宝单骑脱逃，才免一死。

26. 参合陂一役，魏主拓跋珪采取攻心为上的策略，示弱避锐在先，扰乱敌方军心在后，待敌兵疲气衰然后出击，终于赢得胜利。

战例

曹刿避锐击惰战长勺

编文：王素一

绘画：丁世弼 江 昌 艺 官

原　文　善用兵者，避其锐气，击其惰归，此治气者也。

译　文　善于用兵的人，要避开敌人初来时的锐气，等待敌人懈怠衰竭时再去打击它，这是掌握军队士气的方法。

1. 齐桓公二年（公元前684年）春，齐桓公听到鲁国在整顿军备打算征伐齐国的消息，决定主动出击。相国管仲建议说：“眼前国力还不强，对内要革新政治，整顿军事，对外要结好其他诸侯，待国力增强后再战更有利。”

2. 急功近利的齐桓公没有采纳管仲的意见，任命鲍叔牙为大将，带领大军一直打到鲁国的长勺（今山东莱芜东北）。

3. 鲁庄公记取了去年在齐国境内被齐军战败的教训，加紧练兵，赶造兵器，加强了国都曲阜的守备。现在见齐军攻进国境，深感自己的兵力还很不足，决定动员全国力量同齐国决一死战。

4. 鲁国有个名叫曹刿的平民，听说齐军已攻进鲁国，颇为焦急。他认为这是关系国家存亡的大事，每个人都有责任，决定去见国君鲁庄公，谈谈自己的想法。

5. 曹刿的乡亲们来劝说他："这是国家大事，让酒足饭饱的大官们去谋划吧，你何必多管闲事呢？"曹刿说："那些人往往考虑个人得失多，不会深谋远虑。"

6. 鲁庄公正需要有人帮他出主意，就立即召见了曹刿。

7. 曹刿见了鲁庄公就问：“听说大王已经做出作战决策，但不知凭什么取胜？”鲁庄公说：“衣食等生活用品，我总不独占，必与臣民分享。国家有难，臣民总能协力同心吧？”

8. 曹刿摇头说："大王给的，不过是些小恩小惠。何况这些小恩小惠也只是落到少数人身上，多数人并未得到。老百姓肯去跟齐军死战吗？"

9. 鲁庄公又说：“我祭祀天地神明也十分虔诚，一定会得到天地神明的庇佑。”曹刿听了仍摇摇头，不以为然。

10. 鲁庄公沉吟了一会儿又说：“鲁国每年发生千百起诉讼案件，我总是慎重处理，尽量使判决公平。老百姓会相信我、支持我的。”曹刿这才点点头说：“是啊！大王能尽心为民，民心才可用，可以去决战了。”

11. 鲁庄公问曹刿："你有办法战胜齐军么？"曹刿笑笑说："打仗需要随机应变，没有固定方法的，请让我跟大王到战场上去吧。"

12. 于是，鲁庄公就与曹刿同乘一辆战车来到长勺前线。

13. 曹刿看了鲁军占据的阵地，是个能守能攻的地方，觉得布阵也恰当，暗暗高兴。

14. 他和鲁庄公正察看着阵地，齐军突然猛击战鼓，发动进攻。鲁庄公怕鲁军阵地受到冲击，要主将下令反击。

15. 曹刿连忙劝阻说：“敌人去年打过大胜仗，如今士气正旺。我军如果迎战，正合了对方的心意。”他还建议下令：“不许喊叫，不许出击，但一定要紧紧守住阵脚，不让敌人冲进一步，违令者斩！”鲁庄公点头同意。

16. 齐军随着震天动地的鼓声冲过来，可没有碰上对手，而鲁军阵地稳固，无隙可乘，只得退回去。

17. 齐军退回不久，战鼓声又起，鲍叔牙催促士兵再次冲锋。鲁军阵地不仅没有一个人出战，甚至连一点喊声都没有。齐军又白白奔忙了一次。

18. 鲍叔牙动员士兵说：“鲁军不敢打，是惧怕，也许是在等救兵。我军应再次冲锋，定要让鲁军出战，以便冲破敌阵。”齐军将士虽然缺乏信心，还是勉强击起战鼓，向鲁军阵营冲去。

19. 很明显，齐军第三次的战鼓声有气无力，冲出来的队伍亦较杂乱。曹刿对鲁庄公说：“现在可以出击了！”于是发起反攻，将齐军打得大败而逃。鲁庄公想下令追击，曹刿说：“慢！让我下车去看一下。”

20. 曹刿下战车看了敌兵的车辙，重又上车看了敌军的旌旗，对鲁庄公说："现在可以追击了。"

21. 于是，鲁庄公下令追击，直追出三十多里，将齐军击得溃不成军，并缴获了许多兵器和车马。

22. 胜利班师时，鲁庄公问曹刿获胜原因，曹刿说："打仗靠的是锐气，敌军第三次冲锋时，士气已衰竭，所以我军突然冲出可以击垮它；当敌军败逃时，要防备佯败设伏。当我看对方旗帜歪倒、车辙很乱，就知其真败了。"

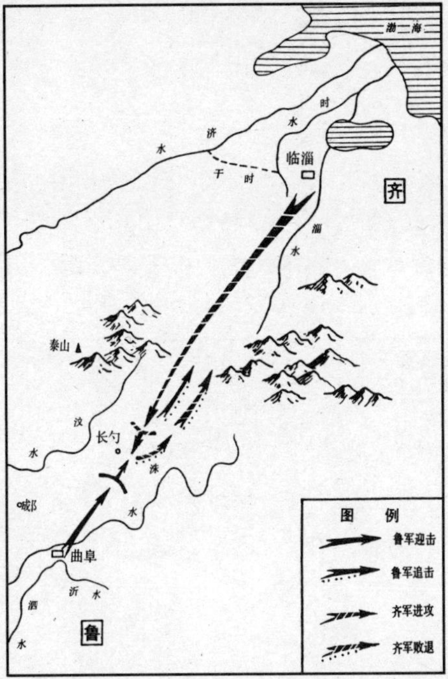

齐鲁长勺之战示意图

孙 子 兵 法

SUN ZI BING FA

战 例

谢艾临危不乱胜麻秋

编文：浦　石

绘画：陈运星　邵靖民
南　山　春　煦

原　文　以治待乱，以静待哗，此治心者也。

译　文　用自己的严整对付敌人的混乱，用自己的镇静对付敌人的轻躁，这是掌握军队心理的方法。

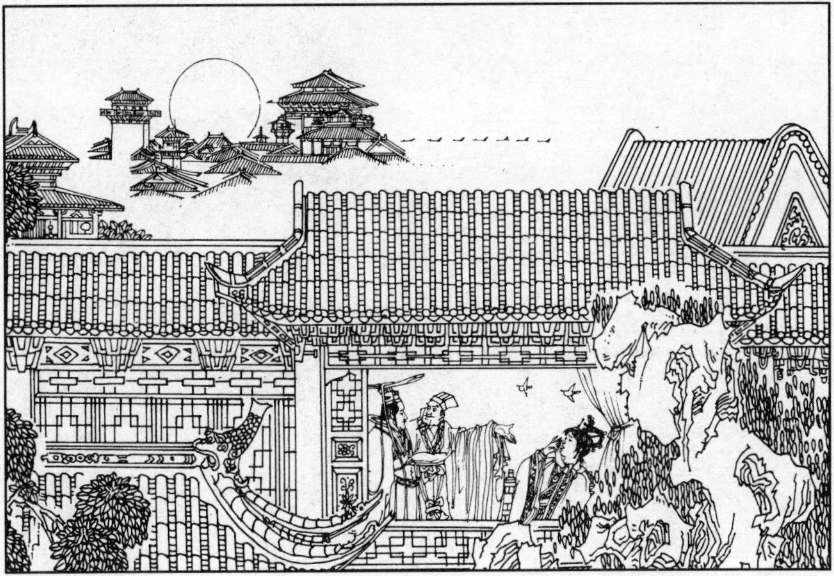

1. 东晋时期，北方后赵王石虎对内横征暴敛，修长安、洛阳的王宫，广征美女；对外连年用兵，东征西讨，民力空竭，怨声载道。

2. 东晋永和三年（公元347年），石虎命凉州刺史麻秋率军八万，向西进攻前凉国。

3. 消息传到前凉国都姑臧（今甘肃武威），举国惊慌。前凉小国，实力远不如后赵，国君张重华急忙召集大臣，共商对策。大臣们面面相觑，不知所措。

4. 福禄伯谢艾却站出来说："臣愿率军拒敌！"张重华十分欣喜，他素知谢艾年纪虽轻，但智勇双全，便任命他为使持节、军师将军，率兵出战。

5. 张重华问谢艾要带多少人马，谢艾说，兵在精不在多，胜败在将军能否临战镇定，指挥有序。他只带了三万步骑，向东迎战。

6. 谢艾派副将张瑁率军绕向敌后，自己乘坐了一辆轻便战车，穿戴着宽松的巾服，敲着战鼓，带部队缓缓接近后赵军营。

7. 麻秋看见谢艾毫不在意的模样，勃然大怒，说：“一介少年书生，竟敢轻我！”

8. 为了挫谢艾的锐气，麻秋派出三千“黑矟（shuò）龙骧”军，直扑谢艾的军队。

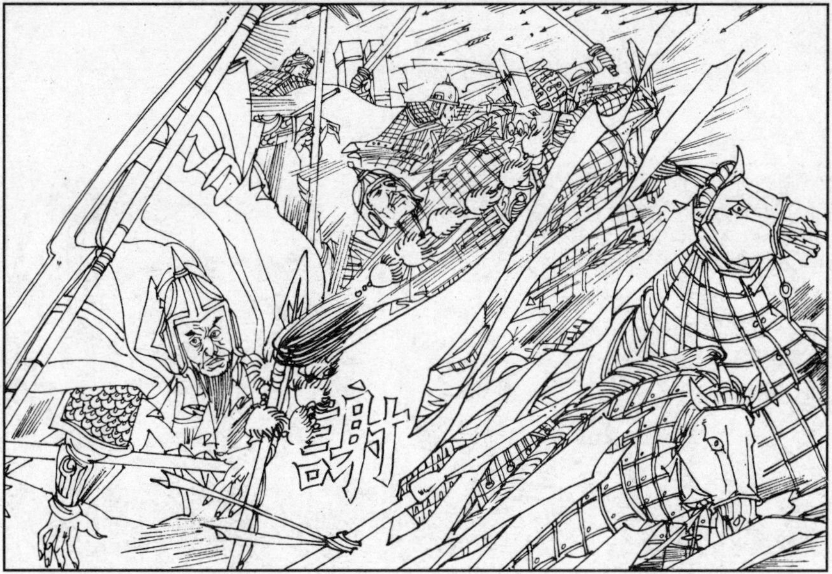

9. “黑矟龙骧”军一阵冲杀，将谢艾的前哨部队冲散，进而逼向谢艾的中军。

10. 麻秋甚为得意，连下战令，要“黑矟龙骧”军夺下谢艾乘坐的车子。他亲自登上高台，擂鼓助战。

11. “黑稍龙骧”军军威大震，铁骑扬尘，高声呐喊，向谢艾中军冲来。谢艾的随从很为将军担忧，劝谢艾下车换马。

12. 谢艾微微含笑，从容地下了车，但并没有换马，而是命随从取来一把椅子，放在一座小山岗的大树下，他泰然自若地坐在椅子上，命令部队偃旗息鼓，按他的指挥行事。

13. “黑稍龙骧”军冲到离谢艾有数箭之地，见谢艾如此从容镇定，以为前面设有伏兵，不敢前进。

14. 麻秋闻报，也大感奇怪。随从们对他说：“这是空城计，我多敌少，冲过去，定能生擒谢艾！”麻秋沉吟不语，他摸不清谢艾的底细，不敢轻举妄动。

15. 谢艾见麻秋的“黑稍龙骧”军按兵不动，命人取来酒肴，在阵前举杯痛饮，谈笑风生。这一来，麻秋更加举棋不定了。

16．这时，谢艾的副将张瑁已从小路绕到后赵军的背后，突然发起进攻，而且按谢艾的指令，故意虚张声势。本来就举棋不定的麻秋闻报大吃一惊。

17．麻秋慌忙下令撤军。数万兵马突然听到撤军命令，不知就里，顿时军心涣散，乱了阵脚。谢艾乘机擂鼓进军，势如排山倒海。

18. 麻秋要控制局势，为时已晚。兵败如山倒，八万大军顿时溃散，麻秋单骑奔回。

战例

李世民养锐蓄力战薛军

编文：冯　良

绘画：陆小弟　张景林
陆根法　魏志善

原　文　以近待远，以佚待劳，以饱待饥，此治力者也。

译　文　用自己部队的接近战场对付敌人的远道而来，用自己部队的安逸休整对付敌人的奔走疲劳，用自己部队的饱食对付敌人的饥饿，这是掌握军队战斗力的方法。

1. 隋朝末年，群雄并起，称王夺地。隋将金城（今甘肃兰州）校尉薛举，于炀帝大业十三年（公元617年）乘乱起兵，占据了从天水到兰州的广大地区，自称秦帝。

2. 次年（公元618年）五月，李渊在长安称帝，建立唐朝，改元为武德。薛举率军三十万谋取长安，六月初进攻泾州（今甘肃泾川北），七月进逼高墌（今陕西长武北）。

3. 薛举的游兵已达长安郊外一百里处，京城震动。李渊命秦王李世民为帅，领兵迎战。

4. 李世民率兵西上，在高墌城附近扎营。他估计薛举孤军远来，军粮不多，只宜速战，因而下令深沟坚壁，不与交战，待敌军粮尽兵疲，再予反击。

5. 薛举多次挑战，令军士在唐军阵前谩骂，李世民严令军士不予理睬。诸将忍不住多次请战，李世民也坚决不允。

6. 时值七月，天气炎热，军营中疟疾流行。李世民也被感染，发冷发热，不能料理军务。于是，把军务委托给长史纳言刘文静、司马殷开山。

7. 李世民告诫他们："薛举孤军深入，食少兵疲，若来搦战，仍坚守毋出。"刘文静和殷开山连声答应。

8. 两人告别回营后，殷开山对刘文静说："秦王之所以不让你我出战，是因为担心你办不了这等大事。"刘文静沉默不语。殷开山见他心有所动，就接着说："薛举听到秦王有病，必生轻我之心，我如乘此出战，定能取胜。"

9. 刘文静自起兵以来，虽得李世民重用，但还未立过大功。他确实想乘秦王卧病，指挥一场大战，建立功勋。于是，就擅自命令军队在高墌城西南列阵。

10. 薛举见唐军布阵出战，且戒备不严，以为有机可乘，遂扬言军粮不继，将士病疲，即日撤退。下午，果然拔营而去，但暗中却挑选精锐，乘黄昏迂回到唐军后侧。

11．两军在浅水原（今陕西长武）交战。刘文静、殷开山立功心切，全力攻击。薛举挥军迎战，杀声动地。

12. 天色渐黑，薛举的伏兵突然从唐军背后掩杀过来，唐军腹背受敌，军心不稳，阵脚混乱。

13. 薛举军前后相应，士气倍增。唐军数员大将战死、被俘，士兵死伤半数以上。

14. 刘文静、殷开山见已难以控制军队，只得弃军而逃。薛举率兵紧追，乘胜占领高墌城。

15. 李世民强撑病体收集残兵退回长安。刘文静、殷开山均被撤职。李世民对刘、殷二人说："以近待远，以佚待劳，以饱待饥，是掌握双方战斗力的重要方法，望二位吸取教训。"

16. 薛举的谋士郝瑗献策说：“今唐军新败，大将被杀遭擒，京师骚动，可乘胜直取长安。”薛举采纳了这一筹策。

17. 薛举遂集中兵力，准备直捣长安。就在大军将发之际，薛举暴病身亡，进攻长安的计划未能实施。

18. 薛举的儿子薛仁杲继位，留部分兵力守高墌，自己率主力退驻折墌城（今甘肃泾川东北）。薛军仍不断侵扰，长安常常一夜数惊。

19．同年九月，薛仁杲率军包围泾州（今甘肃泾川北）。不久城中粮尽，泾州骠骑将军刘感杀掉自己的骏马分给士兵，自己只以马骨汁拌木屑充饥。

20. 在泾州即将被攻陷之时，唐长平王李叔良率军前来救援，前锋将士到达泾州。

21. 薛仁杲为避免首尾受敌，扬言粮食不继，引兵向南撤离。

22. 薛仁杲又令高墌守军去李叔良军营诈降献城。李叔良不知是计，遂命刘感前去受降。

23. 刘感率军到达高墌城下，只见城门紧闭，毫无献城迹象。城上有人说："薛军早已撤逃，王师可以越城而入。"

24. 刘感十分恼怒，命令军士用柴火焚烧城门。城上却泼下水来，将火浇灭。

25. 这时，刘感知道李叔良中敌奸计，急命步兵先撤，自己率精锐殿后。

26. 顿时，城上燃起三处烽火。薛仁杲见到信号，亲率精锐冲杀过来，与唐军在百里细川（今甘肃灵台西南）交战。

27. 唐军寡不敌众，大败，刘感被薛军俘虏。

28. 薛仁杲再次兵围泾州，把刘感带到城下，强令他喊“援军已被打败，不如趁早投降”。

29. 刘感口头答应，及至城下，却大喊："贼兵已经断粮，即将败亡。秦王已率几十万大军赶来支援，城中不必担忧……"

30. 话未喊完，已被薛仁杲命人将他的嘴蒙住，推入城边土坑，用土埋至膝盖，让骑兵奔马射箭。刘感至死不屈。

31. 李叔良和泾州城中将士无不钦佩，同仇敌忾，据城固守。薛仁杲屯兵城下，久攻不克。

32. 不久，李世民率大军至高墌城下。薛仁杲派宗罗睺为前锋领兵抵抗。宗罗睺多次挑战，李世民坚壁不出。

33. 诸将疑惑不解，问李世民："前次薛举攻打高墌，因其远来，军粮不多，薛举只宜速战；如今贼军已占高墌，我为何不求速战？"

34. 李世民说："我军新败，士气沮丧；贼军恃胜而骄，有轻我之心。故宜紧闭营垒以等待。待敌因骄而生惰，待我养精蓄锐，士气恢复，可一战而胜。"众将点头称是。

35. 李世民下令："军中有敢言战者，斩。"于是唐军上下一心，任敌挑战谩骂，都坚壁不出。

36. 两军相持六十余日，薛军粮食殆尽，士气渐怠。薛军主将见将士守卫疏漏，或发怨言，立即动手鞭打。将士日渐离心。

37．于是，每天都有零星的薛军士兵来唐营投降求食，甚至有将领率整队人马来降。李世民既警惕盘问，又给降卒优待，对薛军的情况已一清二楚。他认为时机已成熟，下令决战。

38. 李世民命行军总管梁实率五千人马，在浅水原安营待命。宗罗睺前锋见到梁实兵马，便全力攻击。

39. 梁实遵照李世民军令，坚守险要，多次击退薛军前锋，但仍不主动出击。

40. 宗罗睺命令士兵切断梁实军的水源。梁实营中无水，将士和战马断水数日，但仍坚守着。

41. 李世民料到敌军已经十分疲惫，遂对众将说："可以出战了！"唐军经过两个多月的休息，精力充沛，士气高涨，急盼出击。

42. 第二天，李世民命右武候大将军庞玉在浅水原南边布阵。此处无险可恃，宗罗睺丢下梁实军，转攻庞玉军。

43. 庞玉率军力战，但寡不敌众，难以支持，宗罗睺紧逼不舍。

44. 正在此时，李世民亲率主力已绕道浅水原北侧，出敌不意地从薛军背后攻来。

45. 宗罗睺大惊，引兵还击，拼死抵抗。

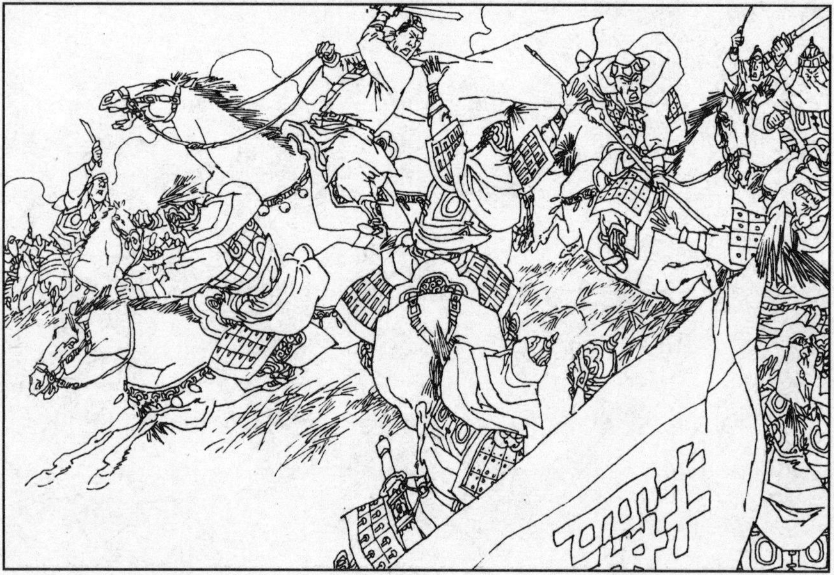

46. 李世民亲率数十名骁骑首先冲入薛军阵中，猛砍猛杀，锐不可当。唐军振奋，呼声雷动。

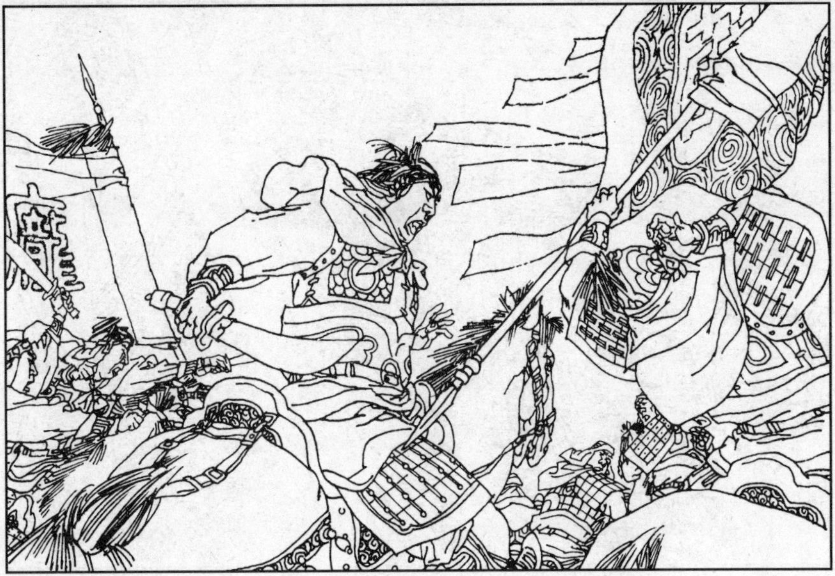

47. 庞玉也从南面发起攻击，唐军南北夹攻，薛军惊慌失措。

48. 薛军溃败，死伤数千人马，宗罗睺引残部落荒而逃。

49. 李世民率二千多名骑兵准备率先追击。秦州总管窦轨拦住马头苦谏道："薛仁杲还占着坚城，现虽破宗罗睺，还是不可轻进。请且按兵，待看清敌情后再进军，以防不测。"

50. 李世民说："我早已深思熟虑，如今乘破竹之势，机不可失，请不必再言。"

51. 窦轨还是不放马缰，说：“即使追赶，派一员大将就可，大王千金之躯，应当保重！”李世民说：“若无危险，我可往；若有危险，派他人，我于心何忍！”说完，斩断缰绳拍马猛追。

52. 薛仁杲得知宗罗睺兵败，李世民大军赶来，遂在折墌城下列阵以待。

53. 李世民派军占据泾水，截断薛军的粮道和退路。薛军恐慌，骁将浑干等人临阵投降。

54. 薛仁杲胆怯，引兵入城据守。傍晚，李世民直逼城下，后续部队也相继赶到，将折墌城团团围住。

55. 薛仁杲军士抱怨之声此伏彼起，士气低落。夜半，守城军士争相缒城投降唐军。

56．薛仁杲计穷力拙，被迫开城出降，唐军收编薛军精兵万余人。至此，陇右广大地区皆为唐朝所有。

57. 在庆功会上，诸将向秦王恭贺，并请教道：“大王一战而胜后，突然不带步将，又无攻城器械，只率两千轻骑直抵折墌。当时众将都以为城不能克。但竟然很快就城破敌降，不知妙计何在？”

58. 李世民道："宗罗睺将士都是陇外人，骁勇凶悍。我养锐疲敌后击败了他，但所获不多。如被他逃入折墌，与薛贼合军守城，就难攻克。我紧追，他必散逃陇外。城内空虚，乘薛仁杲军心不稳，我已逼城下……"诸将叹服。

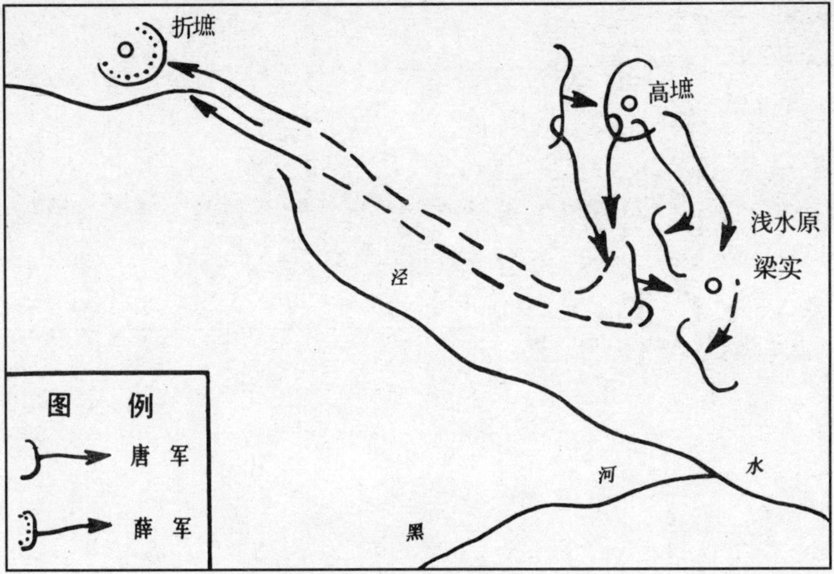

浅水原之战示意图

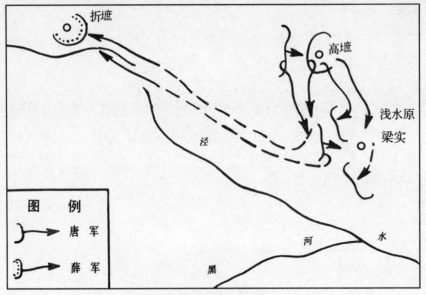

孙 子 兵 法

SUN ZI BING FA